JN199115

西尾勝彦詩集

歩きながらはじまること

七月堂

朝のはじまり

帰宅

春風は
野原に生まれる
鹿と静かに見つめ合い
苔の道を歩く
馬酔木《あしび》の白い花は
薫りのトンネル
小川のささやき
耳に優しく
水と光が流れてゆく
空
どこまでも青く

心

どこまでも穏やか
気がつくと
家に着いていた

花ふぶき

晴れ
時々
花ふぶき
こんな日は
昼から
飲むことにしよう

晴れ
時々
花ふぶき
庭に

ゴザを敷き
桜を眺めていよう

そよ風に
花が舞い
ひらひらと
春が行く

その淋しさと
白ワインの
心地よさ

晴れ
時々
花ふぶき

横になると
たくさんの
土筆と
目が合った

晴れ
時々
花ふぶき
こんな日は
このまま
眠ることにしよう

いぬのふぐり

春の初め
今年も
畦道で見つけた青い花
目立たず
ひっそり自生している
地べたに座り込んで
顔を近づけても
まだ小さい
ほとんど気にも留められていないけれど
それは
地上に現れた

やわらかな宝石

まむし

とうとう
ヘビまで捕まえてしまった
庭で飼い犬があまりに吠えるので
見に行くとヘビがいたのだ
それほど大きくはないが
模様が派手だ
「まむしやな」
不思議と冷静に思い
ゴミ拾いバサミで捕まえ
とりあえず
大きな透明の飼育ケースに

入ってもらった
パタンとフタをして
覗いてみると
まむしは
しっぽの先を
小きざみに
タタタタタ……と
震わせていた
その様子に
ぼくも　少し揺れた
捕まえてどうするのか思案した
「みーさんは　神さんやから　大事にせなあかんで」
こんな言葉を聞いて育ったぼくには重大な問題なのだ
次の日から知人や友人に
「まむし飼いませんか」と声をかけたが

「ヘビはきらいや」
「ウナギやったら　ほしい」（関西では鰻の蒲焼きをまむしというのだ）
「焼酎に漬けてちょうだい」
「そんなもん　いらんわ」　と
全員に断られてしまった
世の中の厳しさを知った気がした
三日もすると
まむしは元気がなくなったように見えた
このまま死んだら
えらいことなので
春日大社の森へ逃がしに行こうと思った
あそこなら神さまがたくさんいらっしゃる
手に飼育ケースを持って歩いていった
何組かのカップルとすれ違ったが
ぼくの存在には気づかない

小さな社の裏に回りフタを開ける
まむしは動かない
仕方なく小枝を使って外に出した
それでもじっとしている
まむしは
ケースの中でも
森の中でも
どこでも良さそうに見えた
先に動いたのは
ぼくだった
　お元気で
　またいつか
声にならない言葉を置いて
その場を静かに立ち去った

ひとりたのしむ

朝の光を
独り楽しむ
猫の寝言を
独り楽しむ
庭の仕事を
独り楽しむ
団栗並べて
独り楽しむ

野草の花を
独り楽しむ

苔にさわって
独り楽しむ

手紙を書いて
独り楽しむ

山の小径を
独り楽しむ

鹿の眠りを
独り楽しむ

一

木陰の風を
独り楽しむ

真昼の月を
独り楽しむ

雲と歩いて
独り楽しむ

森の孤独を
独り楽しむ

丘に座って
独り楽しむ

夢を忘れて
独り楽しむ
今日いちにちを
独り楽しむ

ならまちの古本屋

奈良町は
ところどころ崩壊気味の
迷宮である
もともとは
世界遺産にもなっている
元興寺《がんごうじ》の敷地だったらしい
縦　約五〇〇メートル
横　約三〇〇メートル
迷うにはちょうど良い狭さといえる
いりくんだ細い路地には
古い

家屋
料理屋
和菓子屋
博物館
雑貨屋
庚申堂《こうしんどう》
銭湯
漢方薬局
見せ物小屋
古道具屋
喫茶店
蕎麦屋
造り酒屋　等々
これらが
奈良の宗教文化というスープに浸され

それぞれが
ごった煮の味わいである
さて
そんな奈良町の中心より少し東
注意していないと素通りしてしまいそうな
目立たない古本屋がある
外観も内装も
元の民家をそのまま使っているので
靴を脱ぎ
畳の部屋で本を眺める
下宿している友人の部屋に来たみたいだ　という人もいる
初めて行ったとき
ぼくは　つげ義春の漫画の世界に入り込んだ気がした
うらぶれつつも不思議とあたたかい空間
店主は七〇年代前半に学生時代を送り

世界中を旅した人だ
ヒッピー文化を
今に受け継いだ希有な人と言ったらよいだろうか
一番奥の部屋に座り
なんとなく話し始める
音楽がいつも流れている
古い
　ロック
　フォーク
　民族音楽　等々
明るいうちから
お酒もふるまわれる
なんといっても
この店は「酒仙堂」というぐらいなので
「おいしい日本酒もらったんですよ　飲みますか」

「そりゃ　どうも」
午後二時に飲み始め
ふと気づくと
日が暮れかけていることも
よくあったりする
「じゃ　そろそろ帰ります」
「そうですか」　と言葉を交わし
少し浮遊しつつ
ぼくは店を出る
最近
この店で本を買っていないなあ　と思う
でも
また行きたくなるのは
小さなこの店が
さえぎるもののない

本当の自由を
なんとなく
実現している気がするからだ

路地奥の記憶

私の最初の記憶は、小さな黒い家に結びついている。京都の路地奥の家。父が生まれた一九四二年に建ったという。

朝日の中、家族四人が目を覚ましたばかりの風景。夕暮れ時、二階の窓から見えた瓦屋根の家並み。豆腐屋の淋しげなチャルメラの音。家の前の道は、砂利道だった。雨上がり、いくつもの水たまりには、それぞれに澄みきった青空が映し出されていた。当時、ペダルカーで路地を疾走するのが好きだった。特に、近くのS字カーブをスピード上げて曲がることが楽しみだった。五月には、鯉のぼりが悠然と空を泳いだ。それは、高く、大きく、生きているように見えた。

その家には、三歳まで住んでいた。郊外の伏見区に引っ越しをしたのだ。二十歳のとき、路地奥の家をひとりで訪れる機会があった。あれから十七年が経っていたが、小さな黒い家は、そのままにあった。別の誰かが、住んでいた。道は、舗装されていた。S字カーブは、見落としそうなぐらい小さかった。

三十七歳を前に、再びその家を訪ねようと思った。二年前に父が亡くなり、あの二十歳の日から、また十七年が経とうとしていたからだ。夏の日曜日、九歳の息子を連れて、京都に向かった。以前は存在しなかった地下鉄二条駅で降り、南へ歩く。まだ、午前十時過ぎなのに、息子は「お腹がすいた」と言う。「もう少し待てよ」と答えつつ、地図を頼りに歩く。目的地周辺の記憶は、ほとんど無い。新しいマンションが立ち並び、京都の空を狭くしていた。

十七年前、訪れた時に目印になったガソリンスタンドは、更地になっていた。壊しきれなかった分厚い壁に、ゼネラル石油のマークが残っていた。その横を曲がり、路地に入る。ここからは古い小さな家屋が両側に続く。それぞれの家には、鉢植えの植物が生い茂っていたり、政党のポスターなどが貼られていたりする。ある家の前で、若い親子が、一緒に遊んでいた。

その幼子は、かつての私だ。路地奥に生まれ、歩き出した私と同じだ、と思った。小さなS字カーブは、まだ健在だった。「父ちゃんな、小さい頃、この辺で遊んでたんやで」と言うと、「ええっ」と息子も驚いていた。この場所を歩いている意味を、少しは理解してくれただろうか。カーブを過ぎて、少し歩く。

そして。

小さな黒い家は、消えていた。だいたいこの辺りにあったはずという場所には、別の家が建っていた。

そうか……、と納得するしかなかった。予想できたことでもあり、それほど悲しくはなかった。あらゆるものは、消え去るのだ。父も、家も、そして、いつか、私も。そんなことを実感として分かるような年になっているのだ。ただ、路地だけは、そのまま残っていた。今度は、この路地の存在を確かめに来ようと思った。

昼食は、ふたりで焼肉定食を食べた。牛肉が薄っぺらで、悲しくなった。

地べた

奈良は
まだ
地べたが多い
手つかずの自然が
そのままに
ある
地面の表情が
じかに
見てとれる
人と同じで
くるくると

顔色を変える
長雨の日は
水たまりをあちこち作る
凍える日は
すすっと霜柱をこしらえる
たまらなく暑い日には
強い根っこを育てる
雨上がりには
湯気をしゅううと上げる
時々
庭の地べたに寝ころんでみる
顔を　空に向け
背中は　地べた
空は
いつも

よそよそしげに
遠ざかっていく
地べたは
なぜか
親しく
重い
横になっていると
大切なものを
吸い取られたように
動けなくなり
ぼくは
そのまま
今日を
地べたに
ゆだねることにした

路上

秋の終わり
庭の大きな櫟《くぬぎ》は
ようやくすべての葉を手放した
日曜の朝
すっかり身軽になった木々の下で
道に積もった落ち葉を
竹箒で集めていると
見慣れない木の実が
ぽつりぽつり
落ちていることに気づいた
一粒

拾い上げ眺めてみると
青い真珠のようだった
ふと
それを天にかざすと
木の実の色が
休日のやさしい空の色と
同じであることに気づいた
空の青
と
木の実の青
その違いは
何もないように思えた
そう
ここでは路上にも
青空が広がっている

小さな空が
点々と広がっている

手ぶらの人

どこへ行くにも
基本は手ぶら
散歩は
手ぶら
仕事に行くときも
手ぶら
未だに
ケータイさえ持たず
とぼとぼ歩く
人に
「手ぶらですね」と
笑われたり

「やる気がないね」と
そしられたりする
何がおかしいのか
分からないけど
やる気がないのは
うん
だいたいその通り
だから
手ぶら
さっぱり
手ぶら
何も持たずに
歩いている
両手を広げて
歩いている

現代の昔話

のっぺりとした
ならまちの西に
坂道が現れる
その途中　陰陽町
いんぎょうまち　と読むらしい
いわくありげなその町に
目立たない神社がある
開け放たれた扉から
鄙びたお社が見える
赤い鳥居や大木も無く
まずしく　やさしい空気を感じる

お腹を空かせたように
二匹の狛犬は痩せている
でも　なぜか笑っている
右側で
「阿」と口を開けて大笑い
左側で
「吽」とニンマリ笑っている
初対面の私にも
非常に友好的な狛犬たちだ
こっちも釣られて微笑んでしまう
その時は
お賽銭も入れずに願い事をした
しばらくしてそれは叶った
今回は
十円玉二枚で願い事をした

それもすぐに叶った
ほんとうの話である
現代の昔話である

小さな電車

「京都岩倉の病院に入院しています」
若い知人からメールが届いた
翌日
奈良から電車を乗り継ぎ北へ向かった
空は真冬に珍しく快晴だった
鴨川の合流地点に近い
京阪出町柳の駅から
叡山電鉄に乗り換える
紙細工のような一両だけの電車に
そっと乗りこむ
ちゃんと走るのかな　という心配をよそに

電車はゴトゴトゴトと動き出す
でも
やはり
走り疲れるからか
一、二分おきに休憩をとる
出町柳
元田中
茶山
一乗寺
郊外にさしかかると
雑木林も見えてくる
修学院
八幡前
岩倉

雨やどりに最適　といった風情の
駅舎を出て病院へ向かう
ショートケーキを二つ買って
澄んだ川沿いの道を歩いた
比叡山がどっしりと見え
空気は奈良と同じにおいがした
ちょっとしたピクニック気分だった
病院で久しぶりに知人と再会し
面会室で三時間近く話し込む
しかし　私は途中で何度も逃げ出したくなった
この世から　はかりしれない悪意を浴び
生きる意志を失った知人にかける言葉は
どこにもないのだ
これまで経験したことのない無力感に私は打ちのめされた

帰り道
小雪が舞う中
私は
知人の話を思い返して
世界は間違っている　と断定し
泣きながら
岩倉駅に着いた

やってきた電車は
ゆっくり
ゆっくりと
私を温めながら走ってくれた
私を静めるように運んでくれた

出町柳の駅で降りるとき

私は
「また来るよ」
小さな電車に声をかけ
冬空のつづく京都の街を歩きはじめた

千年のダンス

平城京の時代
つまり八世紀から
春日山は原始の姿をとどめている
そのおかげで多くの巨樹に
今も会うことが出来る
杉や楠の老木は
並外れて大きい
そして異形である
雷にうたれ
斜めに傾き
中は空洞となり

幹は苔に覆われ
空へと近づく体を
揺らしている
風を永遠の音楽に
千年のダンスを踊り続けている

月の人

たぶん
しかたなく
地球にやってきた
月の人を
知っています
初めて会った日は
本当に驚きました
だって
雰囲気が異質なんですから
全身が
のほん　というか

ほほん　というか
不思議な薄いヴェールに
包まれていたのです
まったく
見ないタイプの人でした
だから
僕は緊張しました
言葉がきちんと通じるかと
心配もしました
ただ顔をよく見ると
いつも眠たそうでした
きっと
地球に不慣れだったのでしょう
性格は
案外気さくで

いろいろと話をするようになりました
晩ご飯を食べに行ったり
一緒に酔っぱらったりするようにもなりました
でも
なぜか月の人は
僕が大事な話をしようとすると
きまってあくびが出るようです
やっぱり
地球の人は退屈なのでしょうか
それとも
まだ眠たいのでしょうか
まあ
そんな付き合いが今も続いています
これまで
月の人の話題を出したことは

一度もありません
いつか
「私は月の人です」　と
告白された時
「知っていたよ」　と
軽く言い返してみたいからです
少しは
僕を見直すでしょう
「そろそろ月に帰ります」　と
宣言されたら
「僕も行くよ」
そう言おうと決めています

優しさ

本当に強い人は優しい
幾多の困難に打ちのめされても
はい上がってきたから
苦しみや悲しみを心の底で
感じてきたから
自分が人に助けられてきたことを
知っているから

そして優しい人は弱い
すぐに
人を信じてしまうから

すぐに
心　傷ついてしまうから

でも弱い人は強い
その矛盾を
噛みしめて生きているから
その矛盾を
深い
優しさに代えていくから

Fool on the hill

あの頃
私は
休日の午後になると
いつも散歩に出かけていた
こげ茶色のスニーカーを履き
二時間以上をかけて
じっくり歩いていた
淋しげに鹿たちが暮らす
ささやきの小径
苔むした石燈籠が無言で並ぶ
春日大社

午睡にまどろむ奈良を一望できる
二月堂
三百年ほど時が凍りついたままの
東大寺裏道
最後に
何もない
飛火野《とびひの》

私は
飛火野のいつもの場所に腰を下ろす
丘の上の桜の下で
もの想いに耽るのだ
まわりでは
鹿たちが
一心に草を食んでいる

遠くでは
無数の小さな羽虫が
光の中で揺らめいている
一匹の蟻が私の背中を
行きつ戻りつ
さまよっている

私は
これらのことに
無関心なまま
丘の上で過ごしている
遠くの木々と空を眺めている
そして
少しずつ
私と風景の境界線が失われていく

日が西に傾きかけた頃
私は
おもむろに立ち上がり
そのまま
夕陽に
吸い込まれるように
帰っていった

そんな日の夜
私は
夢見ることも忘れて
よく眠ったものだった

卒業写真

下京区寺町通松原下ル小林ビル二階、三階。

まるで大人のための保健室のような喫茶店だった。体調の良し悪しにかかわらず、ちょっと寄ってみたくなる場所だった。狭い階段を上り、「M」のプレートが目印の扉を開け、「こんにちは」、店主と挨拶を交わす。そして、いつもアイスティーという甘い薬を飲んで、ボンヤリしていた。

その店は、ひとりでやって来る人が多かった。

しかし、客同士が初対面でも、店主の気さくなとりもちで、すぐにうち解けて面白い話が出来た。そして、帰る時には、お互いに、にっこりと会釈を交わす珍しい店だった。他に誰もいない時は、ゆっくりと眠たくなる理想的な喫茶店だった。それは、心地良い狭さと、選ばれた清潔な什器と、どこかノスタルジックな音楽と、丁寧に時間をかけて生み出される珈琲や紅茶によって成り立っていた。

さらにもうひとつ、上の階には、美術室も用意されていた。そこは、保健室に集まる人たちの表現活動の場となっていた。絵画、写真、インスタレーション、時にはライブまで行われた。個人の自由な文化発信の部屋だった。僕も、その場所で初めて茶色の小詩集を発表した。新たな僕のはじまりの場所。僕の中の新たな京都になっていた。

二〇〇九年十一月。

いつものように立ち寄ると、突然、店主から、この年末に店を閉めることを聞かされた。

小さな学校が、廃校になることを知った。

その学校の名は、ミズカ。

十二月。

美術室で、最後の展示が行われた。

ミズカに集った人々の卒業写真が、
白い壁を埋め尽くした。

窓から差し込む冬の光は、
まだ、
まぶしかった。

静かな家族

ひとりでいることを好むぼくが
きみと出会って
ふたりになった
きみは言葉を丁寧に選ぶ人だから
ぼくたちは
きっと
静かな夫婦になると思った
子供が生まれ
三人になり
四人になって
少しにぎやかになった

そのうち
娘は本を読むことが好きになり
息子は絵ばかり描くようになった
それから
犬が一匹やって来て
最近
子猫も仲間に加わった
気弱な犬は
庭に現れる鹿に
吠えないし
なかなか美形の猫は
もちろん
寝てばかりいる
奈良のすみっこ
平屋の家で

ぼくらは
ひっそり
暮らしている
ふたりの生活に戻るのは
まだ先だが
その前に
静かな家族が
できあがった

朝のはじまり

毎朝　猫に起こされる
普段は　午前六時前に
にゃーん
にゃーーん　と鳴く
家人には
ごはーん
ごはーーん　と聞こえるらしい
今日は五時前に鳴きだした
もちろん　誰も起きない
みんな寝ている
僕が起きるしかない

居間の戸を開けて餌をやる
カリポリと音がして
あっという間に平らげてしまう
満足して畳の上でごろんごろんと
横方向のでんぐり返りをしている
僕は眠い
とてつもなく眠い
猫もあくびをしている
そして
彼女は
また眠る
丸くふわふわした静けさに戻る
取り残された僕は
これから
仕事に行くのだ

なんだか
猫に囓《かじ》られたような
朝のはじまり

遅い言葉

詩は遅い言葉だと思う
読む人に届くまで
時間のかかる言葉
インターネット
テレビやラジオ
新聞、雑誌
そんな速いメディアに乗せても
詩の言葉は取り残されてしまう
だから
詩集は
遅さの価値を知る特別な本屋の棚に

ひっそりと眠っている
詩は
誰かの目に触れる時を待っている
そして
長い時間をかけて人々に読まれてゆく
すると
その人の心に
詩の言葉は
ぽたりぽたりと落ちてゆく
ゆっくり
じっくりと伝わってゆく
何よりも遅い言葉
どこまでも届く言葉
それが詩の言葉だと思う

フタを開ける

踊る言葉

詩を書くには
静かな時間がほしい
静けさに誘われるように
体から言葉が
ペン先に
にじみ出す

放たれた言葉は
紙の上で立ち上がり
勝手に踊り出すことがある

または
紙の上に倒れたまま
全く動かないこともある
やっかいなのは
紙の上でも
考えている言葉

昨日
古い詩集が届いた
私の好きな詩人が戦後初めて世に送り出した詩集だ
奥付には
昭和二十九年とある
活版印刷の文字は
すっかり年老いていたが
「生は　すでに宙に浮いている」と

クールに放たれた言葉は
まだ熱く
踊っていた

生まれて初めて

四月
堤防へ上ると
黄色のおだやかな氾濫
河川敷に降りると
菜の花が
咲いている
揺れている
生きている
近づくと
温かい薫りに
ほどかれる

ゆっくり
川沿いを
歩いていると
眠たくなった
こんなことは
生まれて初めて

光の作り方（老詩人の話　其の一）

先月
出会った老詩人は
次のようなことを
ぼくに語った

詩を作ることは
いくつもの言葉に光を与え
それらを星として空に眺め
未知の星座を見つけるようなものだ

なるほど　と

ぼくは納得し
十日ほど
夜空を眺めてばかりいて
何も書けなくなった

今月
老詩人を訪れ
そのようなことを言うと
彼は
かすかに微笑み
　まず言葉に光を与えなさい　と
指摘した

その通り　と
ぼくは思い

光の作りかたを空想して
三十日が経過した

言の葉

大切な人が
言葉を拾っている姿を見かけたら
声をかけないでください
その人が
ペンを持ったまま
動かなくても
だいじょうぶ
その人が
黙り込んで
うつむいていても
だいじょうぶ

その人は
静かに
言葉を
集めています
その人は
素朴で
まっすぐな
言の葉を
探しています
時には
どうしても
大事な一枚が
見つからないこともあります
でも　だいじょうぶ
時間という

おだやかな風が
必ず　その一枚を
落としてくれるから
必要な言の葉を拾い集めたら
その人は
静かに微笑みます
そうしたら
声をかけてあげてください
きっと
喜びに満ちあふれた
その人の
口元から
あたらしい言の葉が
つぎつぎと
飛び出し

ひらひらと
空を舞うでしょう
その下で
毎日を過ごせたら
君たちは
だいじょうぶ

フタを開ける

二一世紀は、二〇世紀の残像に一つずつフタをしながら、進んでいるように思う。フタの中に収められているものは、当時の日常的な風景であったり、とりとめもない想いであったりする。でも、その過去の断片が、現在の輪郭をうっすらと描いていることに気づく。過去は、未来を含んでいるのだろうか。

では、フタをひとつ開けてみよう。

学生の頃、左京区の北白川という町に住んでいた。近くに疎水が流れている緑豊かな住宅街だ。そんな町に、木造の学生アパートが戦前から建っていた。威厳を感じさせる門構えは、寺院のようだった。

そのアパートは、大学生協で見つけた。初めて見に行った日のことは、まだ覚えている。今出川通りを東へ、百万遍の交叉点を北へ、そして御蔭通りに入る。その時、京都にこんな美しい道があるのかと驚いた。なだらかな坂道、空を覆うニセアカシヤのきらめき、じっくりと年輪を重ねた町並み。この通りを、通学路にできたら、それでいいとさえ思った。

重い扉を押し開けると、太い柱と黒光りしている廊下が出迎えてくれる。そして、急な階段と幾時代もの空気を凝縮したような土壁。共同便所のタイルはやけに眩しかった。二階の狭い部屋の窓から濃緑の比叡山が、静物画のように目に入る。夏は暑く、秋からすでに寒かった。冬はオリーブオイルが凍てついた。そんな部屋で暮らすことは、小さな修行だった。

建物全体は、コの字型をしているので中庭があった。そこに使われなくなった井戸が残っていた。しんとした休日の午前、ぼくは小石を落としてみた。水面に映った遠い青空が一瞬崩れ、そして、また元に戻った。

庭の隅には壊れかけのコイン洗濯機があった。ある朝、空気は、すでに温かく、いつものように静かだった。ぼくは、久しぶりの洗濯を終え、雨晒しで傷みつつあるコンクリートに寝ころがり一九九六年七月の何もない空を眺めていた。ところどころに白い雲が浮かんでいて、どこか見知らぬ場所へ流れていった。

もちろん、風呂などなかった。白川温泉という銭湯に何度も通った。アパートによく似たどっしりとした木造建築。ひと気が少ないぶんゆっくり湯舟に浸かっていた。二九〇円の贅沢、あるいは孤独。

白川通り沿いのスーパーマイケルでアルバイトをしていた。高級な食材を並べた店で、駐車場には、瀟洒な外国車が次々とやって来る。お客さんのほとんどが、上品な身なりをしている。ぼくは、いつまでも不慣れなレジ係だった。そのためだろうか、お釣りを渡すぼくの目を、まっすぐ見つめる人が多かった。

学生時代を終え、十年以上が経った。京都に用事がある度に北白川に寄り道をする。スーパーマイケルでハイネケンとパンを買い、公園の藤棚の下で昼食をとる。その後、下宿先と白川温泉の存在を確認する。そんなことを四回繰り返した。前回、訪れたとき、すでにアパートは閉鎖されていた。住人を失った門には、錆びた鍵がかけられていた。

独り占め

家に帰ると
九歳の息子が
とうちゃん四ツ葉のクローバーみつけたで
と言ってきた
あわてて見に行くと
水たまりに
四ツ葉のクローバーが
挿してあった
しかも　五つもだ
驚いて
どこで見つけたんや

と訊くと
自慢げに
庭の
とあるクローバー群生地へ
案内してくれた
私も四ツ葉を必死に探したが
一つも見つからない
残念だったので
幸せを独り占めしたらあかんで
と言うと
息子は
うん
と返事をした

文字

土という文字を
眺めていると
怖くなる
上の部分「十」が
下の部分「一」に
突き立てられた
墓標に見えるからだ

土　土　土　土
土　土　土　土

土　土　土　土

　土　土　土　土

こうやって
たくさん並べてみると
墓地に見える
地面の下には
いくつもの
死体が埋まっている
そもそも
土は
あらゆる生命の還る場所なので
無数の墓場でもあるのだ

実際に
墓標は見えないが
文字にすると
それが現れる
ひとつの文字が
隠された真理を示している
ひとつの文字が
淋しい空想を呼び起こす

つかの間のこと

森の風雨に耐えかねて
一枚の看板が
すっかり茶色く錆び付いている
文字もほとんど腐食している
「歴史的風土」
「県が買い入れた土地」
「何人もみだりに立入りを禁ず」
「昭和四十九年三月」などの言葉が
うっすらと読み取れる
森を守るために立てられた看板が
その森に侵蝕され

役割を果たせなくなっている

森は
三十五年の歳月をかけて
看板の存在意義を
すっかり無にしてしまったのだ
自然は
あらゆるものを
確実に
のみこんでゆく
いずれ
この家も
私自身も
のみこまれるだろう
それまでの

つかの間
私は森に暮らしている

木辻町再訪

古い町並みが残る
ならまち
西のはずれ
木辻町
六年前の夏
暑さに負け
ふらふらと歩いていた
そんな
路地の奥に
老婆がいた
小柄でくすんだ地味な着物をまとい

不吉な眼で私を見つめる
かつてここは色町であり
その時代を
背負ったまま年老いた女だろうか
でも
この考えは
しばらくしてから思いついたこと
当時
炎天下の細道で考えたことは
一刻も早く立ち去ることのみ
私はなぜか頭を下げて逃げ去った

先日　久しぶりに現場を訪ねた
以前は気づかなかったが
そこに古い祠が存在していた

もしかして妖婆は
祀られた神さまだったのかもしれない
灼けるような夏の日
あまりに暑くて
外の世界に姿を見せられたのだ
私が
あの時
不吉な妖婆に
頭を下げたのは
間違いではなかったが
握手ぐらいしておけばよかったと
今頃になって後悔をした

ひぐらしのうた

ひぐらし
鳴いて
山響き
ひぐらし
鳴いて
空開く

ひぐらし
聞いて
姿見ず
ひぐらし

聞いて
道迷う

ひぐらし
飛んで
みどり色
ひぐらし
消えて
森眠る

ひぐらし
ひぐらし
夏の終わりに

ひぐらし

ひぐらし
今日の終わりに

青い夢

古いビルの
青く埃っぽい螺旋階段
そこを駆け上がっている夢を見た
どこからか
ビル・エヴァンスの
ヤング・アンド・フーリッシュが
聞こえてくる
誰かに
追われているようでもあり
どこかに
辿り着こうとしているようでもある

汗をかき
息づかいも激しく
上を目指す
よくわからない戸惑いと焦りを抱えたまま
ひたすらに足を動かしている
ほどなく頭上に明るさを感じ出す
築三十年以上と思われるビルディング
てっぺんが近づいてきたのだろう
足どりが少し軽くなる
心にも静かな希望が生まれる
視界が白く開け
やっと屋上に踏み込んだとたんに
あろうことか
最初の薄汚れた階段に戻っている
そして　また私は登り続ける

そして　また……
果てない夢から目覚めると
ようやく重い眠りに沈んでいった

待つ

自分を
待つことが
できるようになった
以前なら
未熟な自分に
焦りがあった
できないことは悔しく
隠したいことだった
でも
ようやく
今日できないことは明日

今年できないことは来年
それも無理なら十年後の
自分を待とうと
思えるようになった
じっくり
時間をかけないと
できないこともある
そんなことが
分かってきたのだ
だから
自分を
待っている
はるばる
やって来る自分を
待っているんだ

ロケット

発想を
ぽーんと
飛ばしてみるといい
と教えてくれた人がいた
何かに行き詰まったときや
新しい考えが必要なときに
AだからBという風に
ありきたりにつなげるのではなくて
AからいきなりQぐらいまで
ぽーんと
思考のロケットを飛ばすんだ

そうすれば
すべて
うまくいく

そんなもんかな
と思い
自分のロケットに火をつけてみた
ところが
ぼーんと
その場で炎上してしまい
思考そのものが消えてしまった

人

大学には何も期待せずに入った。文学部だったので本を読んでいれば、それでいいと思っていた。人付き合いは、最小限にしていた。淋しかったが、それでも独りの方がよかった。他人のことは、よく分からなかったし、興味も持てなかった。何より、自分のことが、分からなかった。

ゆいいつ、アルバイト先で他大学の学生と友人になった。お互いのアパートを行き来し、一晩中、出口のない話をしていた。ある日、僕は、安ワインをしこたま飲んで、次の朝、友人のアパートの二階から吐いた。若い頃は、何だってやってしまうものだ。帰る時、彼は雪の中をバス停まで送ってくれた。ずけずけとものを言うが、根は優しい男だった。

その後、しばらく音信不通が続いた。

ある日、電話がかかってきた。彼は、以前と変わらない声で、今、入院しとォ、と言った。数日後、神戸の病院へ見舞いに行った。中庭に赤い花が咲き乱れていた。しかし、病棟には鍵がかけられていた。インターフォンを押して来意を告げると、医者がガチャリと扉を開けた。こんな病院、本当にあるんや、と思った。

久しぶりに会う友人は変わっていなかった。正確にいうと、変わっているように見えなかった。だから、なぜ彼がここにいるのか分からなかった。面会時間と場所は、制限されていたが、最後に友人は、病棟内を案内してくれた。その時、見知らぬ人々のまなざしが、僕を軽く射抜いていった。

それから十年が経ち、僕はあることに気づいた。

それは、こころ病む人と、そんな人に親和する者が、それぞれ存在するということだ。僕は後者のようだ。神戸出身の友人に出会ってから、何人ものこころ病む人と知り合うようになった。ある人が、あなたはボーダーラインにいるのですよ、と教えてくれた。なるほど、と思った。彼らの眼には、僕がよく見えるのだろう。

僕には、こころ病む人が、病んでいる人に見えない。そんな人たちこそ、ふつうに見える。彼らは、目先の利益よりも、自分を支える大切な何かを信じている。僕は、その人たちの持つ、それぞれの気高さに惹かれている。孤立を恐れない強さと、他者にどこまでも愛を求めようとする弱さに魅力を感じている。

そう、いつのまにか、僕は、人が好きになっていたのだ。

コロッケ（老詩人の話　其の二）

駅前の活気ある商店街から横へ
ほそい露地に入り
今年　九二歳になる
老詩人の家を訪ねた
白髪と髭は伸び放題であるが
眼は森に湧く泉のように澄んでいる
若い頃
一九三〇年代から詩を書き始め
もう七〇年以上の歳月が流れている
詩のことを考え出すと
三日ほど何も手につかなくなるので

日常の生活に困るそうだ
太平洋戦争にも参加したが
もう遠い記憶らしい
ただ　南洋の島にいたことは
間違いないそうだ
戦中は島で逃げ回るのに忙しく
戦後は生きるのに必死で
しばらく詩が書けなかった
六〇歳を越えてから
再び詩がぽつりぽつりと
夜空に見えるようになったそうだ
最近は十年に一冊という
蝉の一生のようなペースで詩集を出している
もっとも
ほとんど売れないので

知り合いに配っているのだが
（ぼくも二冊もらった）
最近は
もらってくれる人も
ほとんどが
となりの世界にいってしまって
仕方なく
なじみの古本屋に売ったりしている
そこで得たお金で
好物のコロッケを買うのが楽しみらしい
ぼくが
　詩がコロッケになったのですか
　それとも
　コロッケが詩なのですか
と訊くと

コロッケは
コロッケだよ
という答えだった

大きな鯨

二年ほど前に使っていた
黄緑色の小さなノートが本棚から出てきた
月光荘のスケッチブックを流用したものだ
ぱらぱらめくっていると
何の脈絡もなく
茶色のペンで
ぽつんと
「大きな鯨」
という言葉が目に入った
確かに私の字であるが
なぜ書いたのか

全く
思い出せない
その後
ノートに眠っていた
大きな鯨は
心の中で息を吹き返し
ゆったりと回遊しながら
私を乗せ
どこかへ向かって泳ぎ始めた

言の森

雨の日

雨がふる
雨がふる
今日はいらにち
雨がふる

何もできない
雨の日は
何もしないで
いちにち過ごす
ごろごろと

本を読む
ごろごろと
猫のうた

気がつくと
眠っていた
猫もとなりで
眠っていた

雨がふる
雨がふる
今日はいちにち
雨がふる

何もできない

こんな日は
何かが少し
変わってしまう

私はごろごろ
うたいだす
猫はとなりで
本を読む

気がつくと
眠っていた
猫もとなりで
眠っていた

木の中に入る

木の中に
入ったことがある
やむにやまれずのことだった
中は気圧が低いので
しんみりと過ごしていた
誰にも気づかれなかった
一時間ばかり
そこにいた
そっと抜け出すと
私の中に
木が入っていた

襟

新緑の頃
林の中で
散歩屋さんを発見した
ゆったりとした斜面に
腰を下ろし
自分を忘れた様子だった
鹿たちも
彼を囲むように座っている
眠っているものもいるし
口をむぐむぐと
動かしているものもいる

みどりの小鳥が
彼の頭や肩に
とまったりしている
僕は
立ち去ることも
近寄ることも
できなかった
その時
ゆるい風が
木々をめぐり
若葉と
彼の襟を
揺らしていった

春のふくらみ

いかるの
鳴き声は
おだやかで
のびやかな
春のふくらみ
澄みきった
くちぶえのような
歌声は
空に
広がり
山に

こだまする
その
ふくらみに
もたれて
僕は
眠ってしまった

そぼく

いつからか
素朴に
暮らしていきたいと
思うようになりました

飾らず
あるがままを
大切にしたいと
思うようになりました

そうすると

雲を眺めるようになりました
猫がなつくようになりました
静けさを好むようになりました
鳥の声は森に響くことを知りました
けもの道が分かるようになりました
野草の名前を覚えるようになりました
朝の光は祝福であることを知りました

人から道を尋ねられるようになりました
月の満ち欠けを気にするようになりました
遅さの価値を知る人たちに出会いました
一日いちにちが違うことを知りました
ゆっくり生きていくようになりました
鹿の言葉が分かるようになりました
雨音が優しいことを知りました
損得では動かなくなりました

わたしはわたしになりました

言の森

言の葉が
くちびるや
ゆびさきから
一枚いちまい
現れる

その
小さな
言の葉は
もともと
遠く

こころから
やってきたもの
だから
きっと
人のこころには
言の葉の茂る
言の木があり
言の森があるのだろう

その森で
深く根の張った
しなやかな
木を育てていこう
その森で
緑まぶしい

かろやかな
葉を育てていこう

もしかすると
僕にとって
森を潤す雨は
しずかに
本を読むことかもしれない
もしかすると
僕にとって
森を照らす太陽は
あなたと
生きていることかもしれない

ボンヤリ

歳をとるのも悪くない
三十六になって
ようやく珈琲が飲めるようになった
喫茶店で独りボンヤリすることも覚えた
奈良、京都、大阪
そして東京に
それぞれいい店を見つけた
歩き疲れてちょっと休憩
一杯の珈琲で
質の高い
ボンヤリを得る

それは
店の雰囲気と
珈琲の風味に
支えられ
つくられている
店は少し狭いぐらいが良いし
珈琲は渋いめが好みだ
いちいちうるさい客だが
たいてい
黙ってボンヤリしている

水田で目玉焼きを食べる

京都の東
白川通りの喫茶店
中は店主の
数十年にわたる放任主義によって
ごく控えめに言って汚いが
一度
慣れてしまえば
妙に落ち着く
棚には
大量の漫画に混じって
宗教書や

神秘主義の本が散在している
壁には
おかしな短歌や
逆さの世界地図が貼られている
こんな告知もある
「午後七時からはディスカッションタイム」
まあ　店というよりも
不思議な場所なのだ
ここで目玉焼き定食を
メニューに見つけた
タマゴひとつが五百円
タマゴふたつは五百五十円
みそ汁　または食後の珈琲もついている
ずいぶん安い
僕は

いつもタマゴひとつを注文する
先日訪れると
壁に古い地図の拡大コピーが貼られていた
じっと見ていると
店主は
「九十年前の北白川の地図ですよ」と教えてくれた
この辺りは見渡す限りの田園だったようだ
一瞬
水田の広がるのどかな風景が
頭に浮かんだ
風が青い穂を揺らし
牛が木陰で休んでいる
空を見上げると
白い雲がゆっくりと流れている
今

僕はここで
目玉焼き定食を食べている
たっぷりと
マヨネーズをつけて
とても静かに

進化

のんびりしている人は
だいたい
上を向いている
流れてゆく雲を
眺めたりしている
ああいい気分と
つぶやいたりする

でも
のんびりしすぎると
ぼんやりしてしまう

ぼんやりしている人は
たいてい
前方を見ている
焦点が合っているかは
本人にも分からない
たぶん
合っていないと思う

最後に
ぼんやりしすぎると
ひっそりしてしまう

ひっそりしている人は
ほとんど

下を向いている
蟻の動きや石ころを
飽きもせず見つめている
そのまま
眠ったりしている
本人は
いたって健康なことが多い

粥彦の句

夏亀や丘に登りて待ち伏せす

返事

シトシト社から
メールが届いた

西尾粥彦様。こんにちは。
Ｗｅｂチームの柏木です。
二月もあっという間に
過ぎてしまいました。（後略）

勝彦なのに粥彦……
名前を勝手に変えられてしまったが
なんとなく

気に入ってしまった
雅号としても使えそうだ
そして
これからは
お粥のような
噛んでも歯ごたえはないが
滋味のある人になろうと思った

シトシト社に
そんな返事を
書かなかった

R君からの伝言

三年前
R君から葉書をもらった
正確に書き写しておく
やあ　久しぶり
僕たちは
空の下にいて
土の上にいる
そして
水の中にいるんだよ
時々思い出してほしい
すぐに返事を書いた

お葉書ありがとう
水の中とはどういうことですか
よく分かりません
だが
最近になって
彼の言葉の意味が分かってきた
一言で要約すると
とても動きにくい
ということだ
R君からの返答は
今もない
彼も動けないのだろうか
もしくは
すいすいと泳ぎ去ったのだろうか
それとも

他の意味があったのだろうか
とりあえず
僕は
水の中にいる
水の中で
上手く泳げないでいる

ひきだし

彼の職場の机のひきだしには、拳銃が一丁かくされている。かくされているといっても職場のひとは皆、その事実を知っている。

なぜなら彼は、仕事上のしくじりが重なり、職場でのいらいらが募ってくると、おもむろにひきだしから拳銃を取り出し、あたりかまわず発砲するからだ。拳銃といっても、どこかで拾ってきたような安っぽいおもちゃで、しかもタマが入っていないから引き金を引いてもカチカチとむなしい音がするだけだ。だから彼は「ぱん　ぱん　ぱん　ぱん」と自分で大声を上げ、威勢をつけて撃ちまくる。

職場のひとは皆、それが始まっても、ちらとしか見ない。僕はどちらかというと面白がって眺めている方だ。三十秒ほど、ぱんぱん叫びながら撃ちまくる彼を見て「もっと撃てよ」とか、「こっちには撃つなよ」とか、「ねらいはあいつだよ」とか思っている。

撃ち終わった後、彼はいつも涙を浮かべて笑っている。僕は、そんな彼を見て、なぜかほっとする。そして、職場に再び平和と安定がおとずれる。彼は、子猫を扱うように拳銃をひきだしにかくす。いや、かくしたつもりでいる。

それで彼の仕事が終わる。ついでに僕の仕事も終わる。

意味論

「意味に意味なんてないよ」
以前
誰かに言われた
言葉の意味なんて
すべて
後付けされたもの
それよりも
新たな意味を
生み出す行為をなせ
意味づけされないうちに
迅速に動け

意味から逃れる意味は
きっと
あるはずだ

ナラショナリスト

自然の山々という壁の中の街、奈良。顔見知りの関係だけで過ごせる壁の中の町、奈良。そもそも、僕は壁の外の人間であった。京都で二十五年、大阪で四年、合計二十九年間、壁の外から奈良を見ていた。

そして、ある日、立ちはだかる壁を壊し、いや乗り越え、実は穴を掘って奈良に侵入した。全くの嘘である。本当のことを告白すると壁など無かった。外から入る者には、壁など無かったのだ。

ところが、中に入ると壁の存在に気づく。つまり、外から中に入る過程に壁は存在しないが、いったん中に入ると外部に対して知らない間に壁を築いてしまうのだ。それが、奈良なのだ。

いつの間にか、僕は奈良を愛するナラショナリストになっていた。ナラショナリストとは、奈良主義者のことである（ちなみに僕の造語である）。ナラショナリストは、奈良の良さが奈良以外の人々に伝わるわけがない、むしろ静かに暮らしたいから、実はあまり知ってほしくないという屈折しきった心情を持っているのである。そんな壁をいつの間にかこしらえてしまった。遷都一三〇〇年祭の盛り上がりに興味を示さず、廃都約一二〇〇年のボンヤリを良しとするのである。

壁の中の困った人である。

長生き

奈良は
まち自体が
あんまり歳をとりすぎて
ぼんやりしている
気がする
今は昔
都がどこかへ
遷《うつ》ってからは
とくに何も望まず
なんとなく
過ごしてきた

それから
長生きしすぎて
うつら
うつら
眠ったような
まちになったのだろうと
僕は
ぼんやり思うのである

椿の花

たそがれ時
家の庭先に
花を食べる男が
現れた
大きな椿の花を
むしゃり
むしゃり
噛みしめながら
食べている
落ちた花だけを
食べるので

僕は
見て見ぬふりをした

駅前の本屋で
その男を
目撃したことがある
長く立ち読みした末に
週刊新潮を買っていた
どこにでもいそうな
黒くしずんだ
おじさんだった
頭に
ひとつ
椿の花を
載せていた

僕に気づくと
少し
お辞儀をした
なぜか花は
落ちなかった
僕はまた
見て見ぬふりをしてしまった

しかびと

大風の吹いた日
櫟が空坊主になったのだろう
玄関の扉を開くと
落ち葉が
がさがさとなだれ込んできた
枯葉にまみれたわたし
小さなほうきを使って
落ち葉を始末していると
そろりと若い鹿人がやって来た
角がりりしく　胸毛も立派だ
直立しているので背が高く

黒い瞳はつややかだ
話が通じないことは分かっていたので
わたしはすぐに目をそらした
鹿人はそんなわたしを気にすることなく
話しかけてきた
「めぎゅる　めげ　めぎゅ」
たぶんこんな発音だったと思う
さっぱり分からないので
適当に「めぎゅ？」
なんて言いながら
足もとの一番大きな櫟の実を
ひづめの間にはさんでやると
「めるる」と
満足したのか
小さな歯を見せて去っていった

ふあふあとしたおしりの白い毛が印象的だった
しばらくすると家人が帰ってきた
「鹿人とすれ違わなかったか」と聞くと
彼女は
「めぎゅ？」と言った

ねこかひとか

家に
猫がいると
どこかしら
人は猫化し
猫は人化してしまう
その
猫化した部分と
人化した部分が
歩み寄って
のそのそ暮らしている
人は

食べて
眠ることを優先し
猫は
おもむろに
話しをはじめる
しまいには
お互いの
猫化した部分と
人化した部分が
まろやかに
重なり合って
それほどの違いが
認められなくなる
でも
突然

家中を
駆け回ったりしているのは
決して
僕ではない

老人と猫

大阪の小さな町に住んでいた頃、ふと思い出したように外食をすることがあった。向かう先は、いつも同じ。駅にほど近い焼き肉屋である。戦後、しばらくして地面から這い出てきて、そのまま疲れ果てたような平屋の建物だ。瓦が数枚ゆがんでいるが、気にするレベルではないだろう。磨りガラスの引き戸を開ける。「いらっしゃい」、店主が小さく声をかける。

＊

中は、裸電球がいくつかぶら下がっているだけなので、ほの暗い。黒っぽいカウンター席に腰をかけ、「焼き肉セットと生で」、小さく声をかける。「はい」と店主も応える。焼き肉屋なのにたいていの客が、ひとりでやってくる。ここでは、すべてが、物静かに進行していく。そろそろといつのまにか席が埋まり、店内は焼き肉のけむりと匂いが黙々と充満する。ビールケースに敷かれた座布団の上では、たいてい猫が眠っている。

＊

店主は、黒縁眼鏡をかけた小柄な老人だ。ふさふさとした白髪と人なつこい目元のしわがやさしげな人である。日本語がどこかカタコトなので、朝鮮の人かもしれない。五十年ほどここで商売を続けてきたらしい。誰も人を雇っていないので、忙しくなると「猫ノ手モ借リタイヨ」と真顔で冗談を言う。

＊

この店には屋号がない。紺色ののれんに白字で焼き肉とだけ書かれている。老店主に訊いても「名前ハ、マダナイヨ」と、とりつく島がない。店名がないのは、やはり不便なので口の悪い客は「ねこにくや」と勝手に言っている。おそらく「猫がいる焼き肉屋」、もしくは「猫の手も借りたいが口癖の店主のいる焼き肉屋」を省略したのだろう。決して「猫が手伝っている焼き肉屋」ではない。猫は、眠っているのだ。

耳の人

1　耳の人

耳の
耳たぶの
長い人だ

歩くたびに
たぷたぷと
耳が
ゆれる

その人が
足をとめても

耳は
しばらく
ゆれている

たぷ
　たぷ
たぷ
　たぷ
ゆれている

小さな風が
生まれている

2　あわい

耳の人は
森の
はじまり
と
おわり
そのあわいに
暮らしている

聞こえてくるのは
鳥の歌
と

風のそよぎ

秋の夜
どんぐりの
屋根をたたく音が
ゴコンと
響く

真冬になると
たとえようのない
沈黙がやってくる

木々も
山々も
おし黙っている

鹿たちも
無口なまだ

ひと冬に数回
雪の
降り積もる音が
ほつほつと
きこえてくるだけだ

3　春眠

耳の人は
眠っている
軽く
いびきを
かいている

その
小さな家に
春雨のふるふる

4　路地

私が
耳の人と出会ったのは
ひっそりとした
路地奥の喫茶店だった

休日の昼下がり
店へ行くと
たいていい
その人はいた
いつも
白いうつわで

珈琲をすすっていた
二、三度顔を合わすうちに
話をするようになった
印象に残った言葉を記す

木曜日の
珈琲はおいしい

路地奥では
十九世紀が続いている

世界が一つになって
よいことは一つもない

私が詩を書いていることを知ると

その人は
　だから
ここに避難しているんだね　と
指摘した
そして
はっと何かを思い出したように
ポケットから
どんぐりを取り出し
　お守りになるよ　と
手渡してくれた

5　無題

ハルニレの木陰
夏の日の
懐かしい手紙

6　帰宅

小鳥も眠る
朝まだき
耳の人は
家を出る

そして
午後三時過ぎには
帰ってくる

その人は
深呼吸をしている

静けさを
すいこんで
ほっとした顔をしている

7　ひとりごと

耳の人は
独り言が
多い

風がやんだ
気がする

猫は
起きているふりをする

今日は
雲の中だね

僕は
誰でもないよ

……

8　影書店

耳の人を誘って
影書店へ
行ったことがある

その店は
広くもなく
狭くもなく
新しくもなく
古くもなく
本屋であり
本屋ですらない

どこかしら定義を拒む
よるべのない
不思議な店なのだ

耳の人は
しばらく店内を
ウロウロしていたが
すみっこの
小さな
亀池の前で
動かなくなった

じっとしている
めをつむっている
その人は

亀と同じ
動作をしている

耳の人は
しばらく店内を
ウロウロしていたが
すみっこの
小さな
亀池の前で
動かなくなった

亀も
耳の人と同じ
動作をしている
おかげで

私は
ゆっくり
本や雑貨を
眺めることができた

9　どんぐり

耳の人の考察によると
太いなるものは
まるい

例えば
月
太陽
どんぐり（?）

さらに
大いなるものは

めぐる

例えば
星座
季節
どんぐり（！）

耳の人は
まるく
めぐる
どんぐりに
惹かれている

いくつか
形のいいものを

山で拾い
ポケットに
入れている

さらに
その存在を
忘れている

10　月光

闇に浮かんだ
満月が
耳の人を
眺めている

じんわり
月の光は
ほのかに温かい

11　失敗

いつものように
路地奥の喫茶店で
話をしていた

詩人の草野心平さんは
「火の車」っていう
飲み屋をはじめたんだけど
文字通り火の車になっちゃって
店はつぶれたそうだよ　と
耳の人は教えてくれた
詩人が商売すると

ろくなことがありませんよね
私が苦笑いしていると
　ところで　と
その人は言った
　詩人のあなたは
ふだん何をしてるの
私は一瞬考え込み
　うはは　と
笑ってごまかすことに
失敗した

12　暮らし

耳の人は
飼い猫も
あきれるぐらい
のどかに暮らしていた

すずめの
あたたかさを
てのひらで感じたり
庭に
ゴザを敷いて
昼寝をしたり

雨垂れの音を
いちにち
聴いたりしていた

たまに
古い本を読んで
ひとり
ふっふっと
笑っている

13　訪問

耳の人の家を訪れた日のことは
よく憶えている

彼に書いてもらった地図は
まるで頼りにならなかった

森に近い
しんとした道で
きょろきょろしていると
　よく来たね
細道の奥から声が聞こえた

木々の向こうに
その人はいた

家に通じる小径は
緑のトンネル

梅や桃
ミズナラの木が
並んでいた

おだやかな木漏れ日が
土に揺れている

近寄って
　迷いましたよ

そう言うと
　ときどき、僕もね　と
耳の人は微笑んだ

トンネルを抜けると
透明な光と風が
我々を包んだ
　いいところですね
思わずそんな言葉を洩らすと
その人は
　ここが
　僕の居場所
眼を細めてそう言った

いかるの美しい歌が

こーひーいっぱいぷりーず
森に響いた

14　白い菊

座布団に腰を下ろすと
珈琲ではなく
さっそく
お酒が出てきた
風流なその人は
うつわに
白い菊を浮かべてくれた
我々は
　カンパイ　と
祝杯のようなものを挙げ

つつと呑みほした

15　部屋

文机
ちゃぶ台
銀傘の電灯
本が十冊ほど
紙と
草色のトンボ鉛筆

止まったままの置時計

せんべいぶとん
小さなごみ箱

それに
裏山で拾った
どんぐりふたつ

ときおり
猫が
出たり
入ったり
横になったり

16　ゆれる耳

耳の人が用意してくれたお酒は
抜群においしかった
ひとくち含むと
そのたびに爽やかな風が
舌先を吹きすぎる
そして
上品な甘みの余韻

驚いて
　どこで手に入れたのですか　と
訊くと

その人は
上機嫌に
　森の人に
　分けてもらったんだよ　と
よくわからないことを言った

そのまま我々は
呑み続け
その人は
話し続けた

話の内容は
ほとんど憶えていない
でも
ひとつ

ふたつ
その人が
耳を揺らしながら
語ったことを記す

境界付近で
うろうろするのが僕の役割

無用の無用は
やっぱり無用

17　無題

緑色の錆びた自転車に乗って
坂道を下ってゆく

いりくんだ古い町
失われた塔の
幻を見る

18　赤い耳

その人は
すっかり酔うと
耳たぶが赤くなった

私が
　耳、赤いですよ　と
指摘すると
彼は
　そろそろ眠ることにするよ
あなたも、そろそろお帰りなさい　と
言った

このお酒は……
重ねて訊くと
……おやすみ
その人は私の問いに答えず
ふとんに入って
眠ってしまった

私も
　おやすみ　と
声をかけ
ふらふらと
暗いトンネルをくぐった
銀色の月が
森の上で
眠っていた

19 無題

しずかな日々
水脈のありかをさぐる

20　青

このあたりでは
ときどき
青が降る

朝早く
まだ光の眠っている時間に
青は降る

すべてが
青に覆われる

その人は
降りつもった
青の上を
歩いてゆく

21　無題

古代
この盆地は
湖だったらしい
満面に
水をたたえ
魚たちが
泳いでいる
水草は
ひそやかに
ゆれ続ける

22　ポスト

ある日
ふたたび
耳の人の家を訪れたことがあった
いつもの喫茶店に
彼が顔を出さなくなったからだ
店主に訊いても
　お見えになりませんねえ　と
言うばかりだ

そして
緑のトンネルを

そっと
くぐったのだった

軒先に
如雨露が
ころがっている

庭の隅には
水が
とろとろと
湧き出している

耳の人に
会うことは
かなわなかった

そこで
手紙を書いて
青いポストに
入れておくことにした

23　無題

夏の午後
風もなく
退屈な読書に
眠る

24　光のカーブ

雨上がりの朝
私は
ひとり
森を歩いていた

遠くから
いかるの啼き声が
聞こえてくる

足もとの
杉苔が

水を含んで
ふくらんでいる
木々を包む靄に
光の
白い帯が
いくつも
降りてきている

一歩
一歩
ゆっくり歩く
一歩
一歩

風が生まれる

今日は
このまま
良い天気に
なりそうだ

僕は
歩いてゆく

光のカーブ
その向こうへ

耳の人のつづき

再会

どこへ行っていたのですか　と
私が訊くと
　あなたはどこにいるの　と
耳の人は
目の前にいる私に
問い返してきた

しばらくの沈黙のあと
ふたりは
ほぼ同時に
珈琲をすすった

路地奥の
喫茶店での出来事だった

ひとり旅のひとり言

旅から帰ったあとの
耳の人は
いつもより
饒舌だった気がする

その音に耳を澄ませば
雨のやさしさがわかる

下には

上がいるねえ

僕らの意識が
不自然なんだよ

……

パン屋の私

私は
毎日
パンを焼いている

食パン
バゲット
クロワッサン
サンドウィッチ　に
やきそばパン
クリームパン　と
あんパン

さらに
どんぐりパン（！）
などなど

店の名前は
カンパネルラ　ベーカリーである
小さな看板に
青ペンキで

カンパネルラ
ベーカリー

と

表記している

朝は
七時に店を開けている
レジ係は
いつも
枇杷子さんである

うつくしい貧しさ

磨りガラスの窓に
木製の引き戸
土の壁に
苔むした屋根
木々は流れ
時が揺れる
耳の人の
ちいさな家は

うつくしい
貧しさ

パン屋詩人の私　一

パンを食べるように
詩集を
読む人はいないかな　と
ふと
思ったことがあった

そこで
『パン屋詩集』という
簡素なタイトルの
小冊子を作って
棚に

置いてみることにした

パン屋詩人の私　二

『パン屋詩集』は
見事に
売れ残った

お客さんの何人かが
　これ何ですか　とか
新商品？　と
枇杷子さんに尋ねていた
彼女は苦笑いをして
　何でしょうね　とか
　食べられませんよ　などと

つぶやいていた
私は
生地をこねながら
聞こえないふりをしていた

ドリップ

夏の日
侘び住まいの
耳の人に
会いに行った

どんぐりパンを
手土産にして
久しぶりに
緑のトンネルを
くぐったのだった

耳の人は
じっくり
時間をかけて
　たぽ
　　たぽ
　たぽ
　　たぽ　と
苦《にが》うまい
珈琲を
ドリップしてくれた

枇杷子さんと私

枇杷子さんは
不思議な人だ

彼女は
ほとんど
おしゃべりをしない
でも
彼女をめあてに
お客さんがやってくることも多い

枇杷子さんと

お客さんは
まるで
前世の因縁が
今
つながったかのように
お互い
微笑みあっていることがある

そんな様子を
そばで見ていると
やはり
不思議なものだ

たまに彼女は
私を

じっと見つめることがあるが
私は
　うはは　と
笑うことにしている

耳問答

何もしないのが
詩人じゃないの

珈琲カップと
どんぐりパンを手にして
耳の人は
機嫌よく
問いかけてきた

詩人は
詩を書くことのほかに

何か
ひとつだけ
できるのです
何もしないことを
する人もいるし
パンを
焼く人もいるのです　と
私は答えた

長い沈黙のあと
今度
お店に顔を出してみるよ　と
耳の人が言った
そこで
私は

緑色のショップカードを手渡した
彼は
　切符みたいだね　と
ひとりごとを言ってから
大事そうに
ポケットにしまった

相変わらずの日々

今日も
耳の人は
森を歩いている
相変わらずの日々である

緑と
白の
光の粒子が
そっと
ふれ合っている

ゆるい風に
眠る梢

その人は
歩いている
足跡に
みずみずしい
青空を残して

一年

枇杷子さんは
やはり
枇杷好きだ

春は
実のふくらみを
じっと
観察している

夏になると
毎日

うっとり
目をつむって
味わっている

秋は
長崎から
わざわざ
ゼリーを
取り寄せている

冬は
目立たない
白い花を
店に
生けている

そんな風にして
枇杷子さんの
一年は巡ってゆく

同意

風花の
舞う日
たぷ
　たぷ
たぷ
　たぷ　と
耳を揺らして
その人は
やってきた

耳の人は

売れ残って
すっかり
日焼けした『パン屋詩集』と
どんぐりパンを
五つも買い込んで
そそくさと
帰って行ってしまった

枇杷子さんは
　どこかおかしな人ですね　と
すっと言い当てたので
私は
　そんなことないことはないよ　と
控えめに同意しておいた

休日

ゆるやかに
自転車を
漕ぐ
いつもの
町を巡り
家に帰ってくる
そして
古い詩を読んで
眠る

郵便葉書

ある日
耳の人から
葉書が届いた

どんぐりパン屋さま
詩集拝読いたしました
なかんずくデクノボーの一篇
こころほのめく作品でした
また緑陰の拙宅へ
おたちよりください
耳の人拝

ちなみに

ちなみに
耳の人絶賛（?）の作品は
左記の通りである

「デクノボー」

彼は
デクノボーと
呼ばれている
何の役にも立たず

無知で
無能で
無私なのである
何をしても
ぱっとせず
いつも
オロオロ歩いている
たまに
よろめいて
水路に落ちてしまう
そして
ひとり
くすくす笑っている

予習

耳の人からの葉書を
枇杷子さんに見せると
一緒に行きたいです　なんて
意外な答えが返ってきた
うーん
それはなかなか……
まあ
どうでしょう……　と
全く要領を得ない返事をして
結局
ふたりで

彼の小家を
訪れることになった

枇杷子さんは
予習のためか
初めて
日焼け詩集を手に取り
「デクノボー」を読んでいた
ふふふっと笑っていた

無題

すべてを
そっと
忘れ去ったような
時が
ゆるゆると
還ってくるような
しずかで
植物的な
日々の
やすらぎ

解説

Ｐｉｐｐｏ（ぴっぽ）

○「静」であり、「動」であること

西尾勝彦は「静」の人であり、そして、同時に「動」の人である。


ここでいう、静と動とは何か。

「静」――詩を書くこと。詩の言葉になろうとしてホワホワと身をふるわせている、「言の葉」の子供たちの成長、を静かに待つ、待つことができる、ということ。

「動」――その詩を、もしくは文章を、そっと何かに書き記す。出力先は、原稿用紙か、ノートか、はたまたパソコンか。やがて、書き溜まった二十篇ほどの詩を詩集にする。それは私家版のものであったり、出版社から書籍の形で出された、単行本詩集だったりする。あるいは、西尾さんが、二〇一一年より、定期的に発行している、手書きフリーペーパー「粥彦」か。

そうやって、西尾さんが、せっせと耕し、実りくる言葉をじっと待ち、農作物を取り入れるように、作ってきた単行本詩集は、私家版の詩集を別として、『フタを開ける』(二〇一〇)、『朝のはじまり』(二〇一〇)、『言の森』(二〇一二)、『耳の人』(二〇一四)、『光ったり 眠ったりしているものたち』(二〇一七)の五冊。単行本の詩集として刊行された、本書は最新刊の『光っ

たり 眠ったりしているものたち』より以前の四冊に、私家版『耳の人のつづき』を付して、まとめられた、詩人・西尾勝彦初の、アンソロジー詩集である。いっときに、この詩人の詩を楽しめるなんて！

まずは、この慶事をゆるやかに言祝ぎたい。

○詩作のきっかけ

西尾さんの詩作のきっかけは、二〇〇七年、三十代の半ばに、美術作家の永井宏氏の通信ワークショップに参加したことだそうだが、永井氏のアドバイスは、適切かつ簡潔で、気持ちよく書き続けることができたそうだ。そして、翌二〇〇八年には早速、たまった詩篇を元に私家版の詩集を二冊（『大きな鯨』『手ぶらの人』）製作し、大阪や京都のカフェや書店にて、この私家版の詩集たちを販売してもらえるようになる。この電光石火のスピード感たるや！

詩を書き始めること、は容易い。しかし、そこからのしっかりとした「動」に、この、自在に広がり、根をはって、空を縦横に伸びてゆく、大樹のような詩人の資質があると言えよう。

「読んでほしい」、それなら、自分で動くしかない、読んでもらえる、手にとってもらえる場所に、その詩を置くこと。それを継続してゆくことの意義に、真っ先に気づき、すぐに行動へ移せる人は、そう多くはないはずだ。

また、ちょうど二〇〇〇年より、西尾さんは、大阪より奈良に家族で転居し、二〇〇六年には、森のほとりの緑豊かで静かな環境に、居を落ち着けている。西尾作品には、初期より、たびたびに奈良の雄大で美しい自然や、生物にまつわる描写が出てくるが、この「奈良」という土地の持つ、目に見えない、なにか大いなる力が、西尾さんの眠れる「詩」を呼びさましたように、自分には、感じられてならない。

○「そぼく・さとり・のほほん」

——西尾作品の底を自在に泳ぐ三匹の魚たち

西尾さんは、詩人であり、思想家である。ときどきに、自分がはっとした先人たちの言葉を伝えてくれたり、そこから、思い至った、自分のオリジナル思想を、おもしろおかしく、わたしたちの心へ、届けてくれる。

それは、『言の森』に収録されている、詩「そぼく」であったり。私家版の非実用冊子『さとりの手帖』や、のほほん思想実践書『のほほんのほん』などの形になっているが、ここでその一節を紹介したい。

時間のかかることをしましょう

あえて
じっくりと
時間のかかることをしてみましょう

豆を挽き珈琲を
ドリップしてみましょう
使い込んだ鉛筆を
ナイフで削ってみましょう
カセットテープで
懐かしい音楽を聴いてみましょう
インクを入れ
万年筆で手紙を書いてみましょう

本を読み
心に残ったことを
文章にまとめてみましょう

『のほほんのほん』より

日々のノルマに追われ、時間に追われ、ゆったりと時間のかかることを、いつのまにか、やらなくなっている、出来なくなっている「自分」に気づくのは、西尾さんのこんな言葉に出会ったときだ。

そういえば、西尾さんと、宮城県出身の詩人・尾形亀之助について、語り合ったことがある。曽祖父の築いた莫大な資産を、祖父・父とともに、三代で蕩尽した、最後の代が、亀之助である。生涯、「自分自身にのみ即して生きた」亀之助。好きな酒を飲み、詩を書き、家族を持ち、自分なりに大切にし、のほほんと好きに生きた、亀之助。彼は、晩年になってようやく市役所へ初の就職をするのだけれど、職場の机には、酒の小瓶を忍ばせていたそうだ。西尾さんは、職場の机に、酒は忍ばせないだろうな、と思う。だけど、山で拾った

「どんぐり」は忍ばせていそうだ、などと密かに思い、ふふっと楽しくなる。

○意味から逃れる意味

ところで、私事で恐縮だが、わたしは、詩を読み、楽しむ「ポエトリーカフェ」なる詩の読書会を十年近く続けている。そこでつい先日、西尾勝彦さんを課題詩人に、詩の会を行った。その際に、全西尾作品より、詩二十五篇ほどを選び、テキストを製作した。テキストを作り終わり、この詩をあらためて読んだとき、稲妻に打たれた。

意味論

「意味に意味なんてないよ」
以前
誰かに言われた

言葉の意味なんて
すべて
後付けされたもの
それよりも
新たな意味を
生み出す行為をなせ
意味づけされないうちに
迅速に動け
意味から逃れる意味は
きっと
あるはずだ

『言の森』より

自分は、西尾作品を読み、テキストに入れる詩を選ぶ際に、「意味が分かりそうなもの」、「教訓めいたものが読み取り易そうなもの」、「自分がもっともらしいコメントを言えそうなもの」を、無意識に選んでいたのだった。「とうふの上で寝ころぶ人」、「ひょうたんのなかで暮らす人」、「二足歩行する鹿のような人《しかびと》」のことが、気になって仕方なく、語りたくて仕方ないのに、それらを避けてしまっていたのだ。

規範にとらわれず、自由でのびやかな思想をもって、生きていると信じていた自分自身が、意味に囚われ、意味の奴隷となっていたことに、気づかされた瞬間だった。

これじゃあ、あんまりだ。詩がかわいそうだ、と思った。

不条理や不公平、意味不明なものに満ち満ちたこの世界で、意味がすぐに分からなそうなものを排除しようとする姿勢は、詩人の、詩を読む者の姿勢では決して、ありえない。

「意味から逃れる意味」を探すこと。

これは、きっと、これからの、自分自身の生の課題でもある。

○西尾さんの詩を読むこと

あれこれ、語ってしまったが、西尾さんの詩には、解説など必要ない。

いったん、すべてをわすれてほしい。

目をとじて。心をひらいて。
まっさらな心で、西尾勝彦の詩を読めば。
きっと、森で深呼吸をしたような、清涼感にみちあふれることだろう。
そして、未知の自分に、出会えることだろう。

さあ、一歩を踏み出そう。

言葉の「森」が、ここに在る。

初出一覧

『朝のはじまり』　BOOKLORE、二〇一〇年五月
『フタを開ける』　書肆山田、二〇一〇年四月
『言の森』　BOOKLORE、二〇一二年三月
『耳の人』　BOOKLORE、二〇一四年三月
『耳の人のつづき』　私家版、二〇一五年六月

西尾勝彦（にしおかつひこ）

一九七二年、京都府生まれ。奈良県在住。詩集『ふたりはひとり』、詩的な実用書『のほほんと暮らす』、詩文集『なんだか眠いのです』など。尾形亀之助『カステーラのような明るい夜』を編集（すべて七月堂刊）。『白い火、ともして』（私家版）をひっそり発行した。

歩きながらはじまること

二〇一八年三月七日　第一刷発行
二〇二四年七月一〇日　第五刷発行

著　者　西尾　勝彦
発行者　後藤　聖子
発行所　七　月　堂
〒一五四—〇〇二一　東京都世田谷区豪徳寺一—二—七
電話　〇三—六八〇四—四七八八
FAX　〇三—六八〇四—四七八七
印刷・製本　渋谷文泉閣
定　価　二〇〇〇円＋税

©2018 Katsuhiko Nishio
Printed in Japan
ISBN 978-4-87944-314-4 C0092

乱丁本・落丁本はお取り替えいたします。